风般飘过

赵若凡 著

天津出版传媒集团

百花文艺出版社

图书在版编目（ＣＩＰ）数据

风般飘过 / 赵若凡著. -- 天津 ：百花文艺出版社，2014.4

ISBN 978-7-5306-6165-9

Ⅰ．①风… Ⅱ．①赵… Ⅲ．①诗集–中国–当代 Ⅳ．①I227

中国版本图书馆 CIP 数据核字(2014)第 061845 号

责任编辑：郭　瑛

装帧设计：鲁明静　责任校对：曾玺静

出版人：李华敏

出版发行：百花文艺出版社

地址：天津市和平区西康路 35 号　邮编：300051

电话传真：+86-22-23332651（发行部）

　　　　　+86-22-23332656（总编室）

　　　　　+86-22-23332478（邮购部）

主页：http://www.bhpubl.com.cn

印刷：北京尚唐印刷包装有限公司

开本：889×1194 毫米　1/32

字数：53 千字

印张：3.5

版次：2014 年 4 月第 1 版

印次：2014 年 4 月第 1 次印刷

定价：26.00 元

心情的细软

张悦然

十二岁是一个复杂的年纪。女孩开始步入她的少女时代，然而孩子的蛹衣尚未完全褪去。细密的思虑像新发的枝桠，氤氲着一种不可言说的忧伤。但这忧伤还不至于沉重到将枝桠压断，孩子的灵动赋予了它一种轻逸的特性，质地近乎是透明的，就像天空中最隐约的一朵云。每时每刻都在变化着，几乎不可能描摹出它的形状。所以属于这个年龄的珍贵而微妙的情感，总是稍纵即逝的，并且消失得不留痕迹。

赵若凡无疑是格外敏感的女孩，她用心地去感知着那些心情的变化。同时，她又有非常难得的理性，可以让自己从那种浸没的状态里跳脱出来，隔开一段距离去审视它们。那些瞬间的情感，被她视作璀璨的珍珠、耀眼的水晶以及灼艳的花朵，小心翼翼地收集起来。她将它们串结成珠链，编织成花环，存放进自己的妆匣里。一切自然而然，如同蜜蜂酿蜜，似乎是出于一种本能。她毫无炫耀之心，甚至没有分享的意愿。这是属于她一个人的秘密。然而有一天，妆匣偶然被打开，当那些细软呈现在大家的眼前的时候，我们不禁惊讶于它们的光芒夺目。精巧、特别，引人入胜……一种慵懒的、漫不经心的天赋与才情展露无遗。

收录在《风般飘过》中的诗，既有现代诗，也有古体诗。对于我们这位年轻的作者来说，这种文体之间的转换好像丝毫不费力气。更多的时候，文体的选择并不掺杂技巧方面的考量，她只是将它们视作承载情感的容器。不同状态的情感应该用不同的容器来盛放。陶罐与瓷瓶，各有各的好，各有各的美。该选择哪个，我们的作者显然得心应手。古体诗婉丽、幽邃，现代诗明艳、清冽，它们就像两个不同的房间，点着不同的灯，摆着不同的花，燃着不同的香，有着不同的氛围。然而，这两个房间又是比邻的，可以打开窗户让空气对流，——我们在古体诗里能读出一些现代气息，而在现代诗里又能找到几分古意。古意与现代气息很自然地融为一体。所以将这些不同文体的诗放在一本书里，读起来也觉得很自然，没有丝毫的突兀。

正如现代气息与古意的并存和交融一样，在这些形式多样的诗里，——几乎每一首，我们总是能感觉到一些彼此矛盾、互相对立的特质。这种奇妙的现象当然与所处年龄的状态有关，不过也是作者身上天性的呈现。她的显耀才华正是植根于这样复杂的天性的。质朴与华丽、理性与抒情、疏离与沉浸、沧桑与纯真、稚拙与精巧，它们的并存和对峙构成了诗歌内在的张力。悉心甄选的词语灵巧地在这些对立特质之间跳跃，创造出奇特的语境，而词语本身也被赋予了巨大的力量，常常会有让人心头一震，微感惊愕的感觉。如何能让一个词语发挥出它最大的并且是全新的效能，显然已经成为作者开始思考的问题。如果说，在词语方面，作者已经开始有了一些自觉性，那么在节奏方面，作者则完全是出于本能。如何停顿，怎样转折，什么地方终止，都是凭借直觉来作判断的。令人赞叹的是，在大多数时候，它们都显得自然而准确。重复也是作者多次用到的修辞方式，在其中我们同样能感觉到对韵律的控制，然而又不仅仅是流于形式表面，它同时使情感表达得到升华，有一种怅惘、呓喃的感觉。

鲜明的、令人难忘的意象常常是诗歌的灵魂所在。在这本小诗集中，有些意象反复出现。比如"梦"。"梦"喻指的也许是缥缈的情感，也许是致幻的体验，又或者是一切无法抓住的美好事物。然而，在这些作者最初创作的诗歌里，"梦"可能是更大的东西，它也许就是诗本身。正如诗人保罗·瓦雷里所说的那样，界定诗的世界与梦的世界有着许多相似之处。就是说，做梦与诗在我们心中形成、展开、最终消失的过程很像，"它们都是不稳定的、变化无常的、不由自主的、易消逝的，我们会偶尔失之，正如我们会偶尔得之那样。"所以，当"梦"的意象一次又一次出现，作者似乎是在邀请读者走进她的"梦"里，而梦境即诗境，其实也是她此刻所处的创作状态。这也许可以解释为什么"梦"的意象显得格外特别，充满感染力，带给我们一种强烈的代入感。这些诗里还有许多别的意象，它们和"梦"一样，对描摹外部世界不感兴趣，都是向内的，指向作者本人的。事实上，通过这些意象所传达出来的那种"将世界隔绝在外，完全无视它的存在"的姿态，或许正是这些诗的一个迷人之处吧。

我猜想或许要到很多年以后，若凡自己才能真正意识到这些心情的细软是多么珍贵的财富。对于现在的她而言，创作的过程或许比这些诗歌本身更有价值。不过对于我们来说，能够读到这样一些神采飞扬的诗作，能够如此真切地体会到"梦"的状态，实在是非常美好的经验。

那么，你准备好了吗，现在就打开若凡的妆匣吧——

目 录

上

篇

归宿

终归有回还

像离恨的圆月

以及发霉的阳春

终归有往复

像一行哀鸿终将离去

像一群鸟雀终将欢歌

终归有聚散

终归有离合

终归有命运

终归有轮回

所以又何必

何必伤于离去

何必感于消逝

何必沉于曾经

一切

终归有缘有归宿

如果

如果没有失去
怎样懂得珍惜
如果没有别离
怎么可能再相聚

如果没有谎言
怎能找到真实
如果没有困苦
怎么体味甘甜

如果没有险恶
如果没有嘲讽
如果没有恶毒

怎么衬托
衬托那无上的美好

梦

一

请不要把梦遗失
在一切晦暗的时候

你应把梦留给记忆
像雨留给云
潮汐留给月

请不要把梦留给我
对你一生的全部
我无从知晓

在一切回忆过去的时候
请把梦留下

二

遇上你的眼

我总觉得错乱

你的声音

像是时空中的迷途

易落的星星

相互无意的穿梭

我的眼

无法在你身上

游移

如果你执意离去

请把我的梦

一起带走

如果只有梦

只有回忆

我宁愿放弃

羽化

我在你的手里
羽化成风

烫金边框的本子
有一小点污渍
上面记载了我们的
春夏和秋冬

曾几何时
我们像它们一样
在星辰云月中游移
在记忆的坠影中
相许

我怕遗忘
遗忘这每一张笑颜
我怕思念

思念这不复回的年月

如果可以
我不会离去

但
当凤仙花零落
当春夏化作秋冬
当别离终将来临
我们是否可以挽留

或者
面对多情又无情的岁月
只有屈服

潋滟

灵感的殆尽

像无数黑色的洞

吞噬唯一的温度

苍白的一切

已从空间里跳脱

在无言的坠影中幻灭

宁愿羽化成风

在尘嚣的讽刺中

去往不知名的地方

如果可以

躯体与行为

可以束缚

但心与灵魂

一直永生

流逝的时间

不曾改变

所有都在

都在错误中永存

遗忘吧

我的世界

请过好你的现在

挂钟

嘀嗒响着

时间

在无言中迷失

邂逅的街角

相知的咖啡厅

都已被时间的触须

束缚

如果重新选择

结果永不会变

我们活在现在

不是将来

更不是过去

所以

永远不要惋惜什么

不管什么

不都一样

全部逝去

在你的我的他的

生命里

都曾有过难以磨灭的记忆

但永远不要惋惜什么

无论什么

都已无法改变

请过好

你的现在

所有的现在都会成为过去

所有的过去都会成就未来

所以

请过好你的现在

不要为未来焦虑

不必为过去惋惜

请

过好你的现在

夕阳落了

夕阳已落，苍白了谁的等待？
一次相遇，又带走了谁的心？
怎忘却，那抹影。

你回眸一瞬，晃了谁的神？
你绝世姿容，醉了谁的心？
你流血一笑，夺了谁的情？

那日离别，你笑得灿烂，
灿烂到让人心碎。

既已错过，为甚再相遇？
既已缘尽，为甚再相恋？

岁月如刀斩天骄。
你发如烟，凄美了离别。
他发如雪，苍白了眼泪。

却为何，抛不掉那份情？

既已错，何再错？
伊人憔悴，熬不过相思，
君子望月，度不过想念。

恨欲狂，泪如雨。
能否挽留甚？
发白的归属，那样凄凉。
无言的想念，那样冗长。

只有一线距离，
却是两界相隔。

夕阳终是落了。

树影

空气一点点地
变成黑色
亘古长存的它
再也无法发出冗长的声音

生命婆娑的树影中
只剩下发霉的阳光

树叶在梦中游移
点染了不属于它的苍茫

水在记忆里飘零
从树上到地面
变得寥落

我在不属于我的地方
丢失了所有

午后

愿你记得

春花殆尽的寥落

冬雪飘零的凉薄

愿你记得

发霉的午后

离恨的圆月

不要忘记

这是我在字里行间

唯一能说的

这也是我

最后的请求

无边无际

日月

日下落
月上升
几次数不清

遥望天上星
却不知
人已去，楼已空
茶已凉，心已冷

飘过

像风一样

离去

如雨一般

消逝

我看见我们的梦

就这样冉冉飘过

去挽留，去捆束

这是我们对梦的伤害

让它去吧

轻轻地，默默地

离开

在夕光里

一

我不知道

夜色为何

因为

婆娑的树影遮住

我的世界太小

我不知道

天空的颜色

因为

我从未仰头观看

我的世界太小

而现在

我不想知道答案

我只想知道

在夕光里

我们该说些什么

二

爱是一种错误吗

你忽的一笑

是灰是黑

爱到底是什么

其实我也不曾知道

而现在

我不想知道答案

我只想知道

在夕光里

我们还能说什么

哦，是吗

"哦，是吗"
这是最好的语言
它既不算回答
也算回答

哦，是吗

无题

兴味淡了
也就散了

热情没了
也就算了

青春去了
也就老了

人生在世
也就忍了

至于生活
也就过吧

倦意

你在纸上
画了半只眼
以及一颗心

它们
在世俗的荒原中
挣扎与悲鸣

在我的倦意中
成为过去

迷失

你凝视我的眼
交叠着两团影
把我从梦中唤醒

我不懂你的言语
你善意的微笑
在岁月里迷失

表情

我抬起头

想看看你现在

是什么表情

你一会看月

一会看日

在凝滞的时间里

穿梭

心有所属

愿有所归

未来

今天上课
我们在学
未来什么模样

可我不信
未来美好

未来本就不会有模样
它在变
又怎么总会是美好

我相信
未来一定有
战争、流血、伤害
权力、金钱、利益
它们在斗

窗外

下起了灰色的雨

从未来中

我抬起头

用灰色的眼睛

凝视

带着你的手

对，没错
说的就是你
请放开我
你卡住了我的脖子

不，没有
我没有

你依然没有放开

我不再言语
带着你的手

默默往前走

错

不，别走
请告诉我
究竟谁的错

哦，不用说
我知道
一定是我的

我不再辩解
也不想涂抹
语言的苍白

风般飘过

这年盛夏
凤仙花开得明艳
比往年更生风韵

但很可惜
那是离别的悲歌
是用离殇的情绪所滋养

如果可以
我不想走
纵使青春花落

如果可以
我不会离去
纵使年华流逝

但现在

沉默是属于

我们最落寞的言语

也许在路上

无意的相遇

只是彼此眼中的记忆

对于曾经的苍白

风般飘过

忘·记

我可以忘记你吗
你不可以
在夕雾升起的时候
我们这样说

我忘不掉你
你必须忘记
在繁星满天的时候
我们这样说

这就是我和爱情
简短却繁杂的交流

忘
还是
记

血殇

让它沉淀在记忆里
不要因泪的流失
渡尽些许甘甜

让它沉淀在梦乡里
不要因血的殇情
幻灭一切回忆

在黑白世界里
作为唯一的彩色
保留

门口（一）

我在这里
楼下
是喧闹的人声

甬道的尽头
闪烁着暗黄光芒
脱离死亡轨道

白色墙上
不知何时已被粉刷
遮掩了曾经粗暴的字迹

在窗旁
有一缕光斜射
不知到底是指引
还是迷茫

我拿起跳绳

漾起波浪

穿过虚伪的墙

门口（二）

坐在冰冷的地上
我没有按下按钮

电梯在 18 层停滞
夜色被灯光渲染
影子无意地投落

跳绳放在旁边
我没有按下按钮

生命像在远走
头发打成结

电梯停了
但没有人走下
我孤零零地坐着
跟一个人影交谈

随感

心本晴时，奈何天阴。

吾本性善，不道世恶。

此恨绵绵，却无释处。

今生今世，活过便是。

唉

突然发现

爱跟唉

读音相像

也许前人早已知道

爱

不过是一声

唉

生活

生活

本就这样

我们在白杨树下别去

尽头

有一束水仙

在午夜中

已被苍白带过

如果可以忘记

我又何必思念

如果可以点头

我又何必否认

星月不语

星月无情

赠别

蓝天眨动的眼睫

投下火红的颜色

月从迷梦中惊醒

日变得落寞

西山浮出沉抑

已到晨曦时候

我多么眷恋你的怀抱

可你终将离去

这样

过去了
可还会悔

离开了
可还会念

没有了
可还会想

人生啊
是否本就这样

躲

在晨光里
我丧失了言语
但那不重要
枯枝眨动着睫影

淡黄光晕中
是我移动的笔杆
我在写
写下梦中的追记

指甲在金橘色
逗留
把我遗忘在了街头

这样也好
我可以去找你
而不被一切寻找

对梦说

不要以沉默相对

我不需要

我要的你知道

不要以沉默相对

不要暗示

那有多么无聊

又是多么苍白

是的，我不需要

我要的是热烈

像火一样迸发

纵使终会熄灭

我要的是璀璨

像星一样闪烁

纵使终会陨落

我要的是狂猛
像风一样霸道
纵使终会逝去

是的
我要的，你知道
可你
做不到

尘埃

茶杯里激荡着尘埃

正午的阳光显得颓废

影子随意地停留

在春夏及秋冬

沉默或者沉没

哀鸿离去

丢下我与你悲欢

藏在杯子里的尘埃

已在杯中安息

而你我

还在街角

无言

悟

感觉去了
激情也就没了

事情过了
后悔也就有了

生活好了
韧性也就磨了

信念灭了
支撑也就垮了

成长完了
纯真也就消了

世事纷扰
善良也就罢了

故国

夜色

笼罩故国城墙

惨淡凄凉

隐隐笙歌

仿佛还为

昨日红尘感叹

荒凉都城

金玉堆砌奢华的皇宫

这金碧辉煌的牢笼

多出了一份朦胧的迷茫

乡间的小路

早就被铁蹄践踏

无言的血与泪

静静地飘曳着属于它们的滋味

一代君王

带上所有凄迷

哀婉

愁绪

踏上一条不归路

遥望故国

不堪回首

月明中

问君能有几多愁

恰似一江春水向东流

过去

热情已被燃尽

是血色的渲染

过渡着蓝天的浮华

我把手臂伸出

海鸥却没有落下

落叶是秋风的讴歌

夕颜是过去的惦念

午后

我要逃走

我要去一个

山谷

那里有往事的迷离

我要去一个

海峡

那里可以自由

而不被发现

我要去一个

荒地

那里没有人

也就没有虚伪

我要去遥远的地方

那里

坐着人的信仰

寒冰击沉了海浪

从没发现

毁灭如此的近

近到早已过去

外壳

我不想流泪
那样
它会变得廉价

我常常在房间
自己去哭

那样
最起码
在别人看来
眼泪并不廉价

但有一次
我还是毁去了
那苍白的外壳

然后在天亮前

悄悄地再包起来

等待

下一次的破损

让壳一点点的坚硬

最后

无坚不摧

非无

想你

没有必要

如果不想

可否遇到

暗与光的纠缠

阳光斜铺着

带动荒古的气息

温暖惬意的午后

我渴想着

暗与光的纠缠

用完美的掩饰

滚烫的温度

刺眼的光芒

我渴想着

交汇时的消亡

故乡

虚伪浮华，一切

见鬼去吧

懦弱如我

顶着肮脏的躯壳

过着人的生活

继续吧

我愿地狱的圣火

燃尽悲剧的人间

那里是

直白的故乡

雨夜

喧嚣的黑暗

虚伪的人性

错生的物种

在虚无缥缈的云端

血色妖娆

迷乱的雨夜

破损的竹筏

印染了城市

污浊的上空

你温柔的鼻息

美丽而疯狂

无言

我愿消沉

桌上是未完诗稿

风已离去

烛已熄灭

还有多少时间

留连

只有不变飞雁

回还

我在这里凭吊

不想看结局

或悲或叹

只愿别去

哪怕无言

成为全部

寻觅

涂改带丢失

让我再无法遮掩

所有错误

我正恐惧

黑暗的回音中

再也写不下去

尘埃积重

不屑的回眸

它在那里

正等我寻觅

可我已不再需要

水珠流逝

喜欢用水珠

去探视你的鼻息

绝艳而又微弱

用蓝色枕巾拭去眼泪

芳华殆尽的枯枝

凌乱的秋夜

我正记忆

在虚假的空气中

我们别去

那些默默陪伴我

而又不发一言的

岁月

水珠流逝

看荷

阳光
在玫红的苍白中
渐行渐远

记忆的小楼
已被翻修一新
我笑我哭

当有一天
一切终将诀别
我会去看荷
开得烂漫

风一样离去
脚步声渐近
年华丢失

我又何必选择

穿薄的毛衣

针织的岁月

不若去看荷

现正值冬

而（一）

窗外雨如烟

猫在惊恐

我咬着手指

枯枝划破动脉

血色诡魅

破败的小屋

散着童年的暗红书签

我正遗忘

你睁大的双眼

凝结了恐惧

闪电发白得触目惊心

血红色的手指

划过脸庞

谁会去恩怨

叫声断裂

睫毛倒插

绝艳的双眼

一切化为血色

我正做梦

执着而虚弱

而（二）

暗紫窗帘拉开

门外是黑

诡异琴声

藤蔓缠绕

晨光里的曼妙

放弃吧

月亮与太阳的争执

用时光温暖我

笔终将掉落

永别，不要再见

凌乱的草地

莫名的痕迹

空间快要崩塌

尘封的记忆

浮华而绝望

沉默

我多么眷恋沉默

在所有的时候

我选择

沉默

悲歌欢唱在心底

记忆留连

我甘愿

沉默

我沉默

不因我无话可说

所有哀思愁绪

都将在午后的庄严中

在悲情里

抒写

往事化蝶

纷纷飞去

凭吊无言的沉默

还是沉默

勿忘初心

我看见

时光闭合

伴着天鹅弯下的脖颈

那随风走失的纸鸢

正留连岁月中

不属于它的梦

你相信缘吗

我觉得苍茫

你曾走在冬天落叶的小道

如此的长

一模一样的青石砖块

它们的笑容

宛如青涩的绿

飘零的命运

以至于凄婉的树

太过孤独

无言的祈求

梦能停留

离间岁月

滞在春秋

初心已忘

黑夜深沉

我们挥手

又回首

最终

走失路口

花了多少时间遗忘

记忆路上

庄严捧起岁月

转头剪断影子

对或错

荒芜扎根

藤蔓延伸

久违的容颜还是久违

微笑没有证明时间

你的脸孔依旧

偶尔想起

一切终将走远

随着萤火虫离去的方向

还有谁会在原地

不知所措

你会远行

婆娑的泪花

触动泡影

爱慕的玫瑰

凋零

你的初心

我的怀疑

忆及初心

但笑不语

花无殇

遗忘年华

曾相许的味道

破碎的云

正在记起

无法琢磨的笑颜

晶莹剔透的欢声

香醇久远的泪珠

在长而又布满回忆的台阶上

你可以倚靠在墙边

但不必选择

露珠挑起的回忆

迷乱时间

白色的茶花

本没有的气味

你爱慕的桂花

无香

倾诉梦幻

洇染记忆

下

篇

夜月

落红霜叶飞，
夜月弯刀威。
谁夺君子心，
后悔莫言追。

风雨

雨打槐花落，
风扫秋叶堕。
闲人漫吹箫，
君子独迷惑。

蝶恋

花落蝶恋时，
迷茫春来迟。
长亭梦呓晚，
明月未曾逝。

思及暮年

月升鸟鸣啼，
寒蝉未曾替。
独眠眠不休，
残红欲尽时。

杜鹃

杜鹃无声有雀鸣，
哀鸿喜啼赛黄莺。
但见百花互争妍，
唯恐梦破忽又醒。

江上

桂花香遍五月天，
锦鳞波浸三春烟。
孤帆潋滟滞春秋，
江上渔人更无眠。

初秋

风吹花落殆春色，
雨尽叶残初秋乐。
若问闲愁多几许，
恰似冷月浮云遮。

夜眼

夜渐迷蒙夜渐凉，

月下留连月下殇。

花相眷恋花相许，

本属云烟本属光。

碧柳

花开落尽复春秋，
几时岁月又碧柳。
当年碧柳成枯处，
今昔人事随水流。

悲笛

山花烂漫赤日耀，
海树深沉苍穹傲。
九幽悲笛空山净，
碧落殇琴声又到。

纷然顾盼

曾记三载终无香，
又忆五月始开放。
今昔年光花聚颜，
我自纷飞我自殇。

如梦令

西楼潇潇雨骤，
云雁故居依旧。
暮色近黄昏，
向晚碧池玉落。
惊破，惊破，
吹起雁影如墨。

蝶恋花

今世忧忧春寞落，
若有风吹，
终化云雾散。
云落九天霞殆尽，
风殇雨陨平秋没。

前夜飞花深几许，
醉梦虚化，
本属清风去。
岁月有情知是否，
无情却是人皆了。

忆秦娥·秋残

桃花寞，

孤莺不谙清秋错。

清秋错，

淙淙流水，

但知愁破。

冷雨清浅凋红没，

悠然不恐笙歌落。

笙歌落，

西楼残月，

雁过无惑。

忆秦娥·乡愁

天宫阙，

风吹雨破残楼月。

残楼月，

无归夜夜，

共尝乡愁。

桂花空绽时时忧，

青衣尚有温香留。

温香留，

晓闻折柳，

落红依旧。

前生已错

秋叶堕，
桃花破。
毛毛大雪萧然落，
何必两相误？
往事已度。

情深过，
兴味薄。
幽幽歌声恋难没，
为甚再相握？
前生已错。

后　记

那些时光就这样仓仓促促地向我闭合了，甚至还没能听到花开的声音，就在草叶遮遮掩掩下完成了一个阶段的成长。以至于那些曾追逐过的一切，曾迷茫过的一切，曾害怕过的一切，就这样又轻又缓地消弭在了彼岸，而我也并没有在梦境中絮絮低语了。

十二月，一直蓄着的长发纷纷然然离去了。漫漫长路从未看到过尽头。远山隐在画中，树勾引的离愁微逝。我幽长的内心已轻缓地飞离了，在一个无星的夜，去往遥而不远的别处。

风带着甜沁的味道，混合着雨露。我逃避了十二月，教室，苍白面孔。我害怕着无可捉摸的欢笑、剔透的音颜，在这样于我所厌的冬时。无雪。那一段时间究竟怕什么，已成了亘古的疑问。成长？抑或停滞？没有人可以洞悉。也许是一种复杂的情感：混合着对成长的恐惧、迷茫；

对毕业分离的忧郁，对无处诉说的寂寞，以及因考试而被迫停止小说写作的郁闷……所有感觉一齐迸发了。这即是本书的缘起，一段沉抑的时光，一种难言的无奈。

最开始接触的是古诗词。有一段时间对宋词产生了无比狂热的迷恋。犹记当时我日日拿着一本缩印版《宋词》暮暮不倦地读，完全发自内心地去背。滚滚感觉泉涌着淹过心田。在学校的课桌上，我激动万分地填了《如梦令》，那时不知平仄规律，只凭感觉比照着李清照的《如梦令》琢磨出平仄，然后才得开始创作，"西楼潇潇雨骤，云雁故居依旧"，便是如此诞生。那时为了一瞬的感觉是如此不顾一切，如今想来，不禁莞尔。而后又填了一首《蝶恋花》，亦是用此办法创作出来的。

《纷然顾盼》是我最喜爱的一首七言诗。那一刻孤寂之感如花绽放，以最芬芳的香气、最火热的绽放来迎接一切，然而结局，傲骨挺劲的花，落得"我自纷飞我自殇"。至于本诗的诗题，在写完全诗后不知如何划过脑海，自然而玄妙地诞生了"纷然顾盼"这四个字。如今用指腹轻触摩挲着，从唇角流溢而下，亦荡着一股华美凄婉的感觉。

有一次无意翻开一本泛黄的《朦胧诗选》，为书中语言的感觉冲击得无法自已。这亦是第一次接触现代诗，而那一直积蓄的情感顺着这条清渠自然地向前奔流而去,《带着你的手》《树影》《在夕光里》等便是这最初的作品。那时,本以为这些都是片刻的情感,将很快随风而逝。但是它没有。那些储存着神秘力量的感觉不断澎湃,无数的感觉溢满了我的身体,其实那个时候从未想象过这些诗会组成一本诗集,我仅仅在抒发一种感觉,这种感觉令我痴狂。那段时间没有未来,空间与空间没有缝隙。这是一种本能。

在一个月亮圆而陡峭的夜里,突然对在这几片纸页上的诗怀了难言的哀愁。它们这样飘零的命运,没有归宿,像扬起的嘴角终会落下,像所有的一切终将风般飘过。于是我选了一本酒红色的烫金本子。但从未想过那个本子在将来的一段时间会和我骨肉相连,难舍难分,并谱写了我的一段青涩历史。它承载了那些饱含情感的语句,它被赋予了生命,我一直能感受到它的处境,而它亦以一种别样方式抚慰着我。

于是我的诗们,从换上本子的那一刻,得以延续,得以存活。而这是值得我永远庆幸的。

再之后便变得一发不可收拾。我深深地沉溺在了这样一个只属于我的世界之中,并为之倾倒,为之做任何事。有时是在课堂上,窗外的一切如此忧郁,不知为何,看着不变的天空，那几丝云彩，我突然被触动了，于是《无题》就这样诞生了。那一刻终归是兴奋的，灵感被我轻巧地捉住了。我从来不会不知道灵感这一玄妙不可言之物是多么重要，它是感觉中的另类，不可捉摸。所以一旦它长着翅膀飞走了，就再也不会回头，你只能看到它的背影越来越小，直到不见。我从不愿放弃它。在迷茫的征途，它永远是一束不灭的光。所以纵使一切都在离间着，不管在哪里，在路上在课上在梦中，我永不会放弃。

如此充实丰满的生活，包裹着无与伦比的激情色彩，而那些苍白的脸孔，紧张的氛围，没有阳光的教室，都离我很远很远。我被纠缠着，间或迷失在笔飞速触及纸的声音中。

后来，那种感觉达到了顶峰。因此在这期间的作品尤为的多，《赠别》《躲》《门口》《尘埃》等记录了我那种澎湃忧郁的感觉。然而在释放自己的同时，有一些离我很远的东西跳跃着。我一直放纵内心，其实释放的是一种气氛。这从未代表一种消极。我知道我是一个小学生。自从释放过那种气氛后，我排解了紧张而因此更加努力地去学习，六年级上学期结束，那个无雪的一月，我又一次考出了好成绩。

当然，生活是充实的，也是劳累的。这样一种边学习边写作的生活几乎压垮了我，而那些引起紧张迷茫的各种因素也快消失了，它们随着考试的临近渐行渐远，它们知道我将不再需要它们了，所以一个一个地伴着这个童年的悲喜，伴着一场小学的戏，在不知不觉中闭合了。幕布轻缓拉下。

那段时间，我开始渐渐发觉了灵感的殆尽，我害怕与恐惧着它们终将离去。因此，《而》《看荷》《水珠流逝》等作品纷扬落下，这里到底包含多少无尽的恐惧，直到现在我亦无法知道。我反抗着这种消弭，恐惧地忧伤着。但无济于事。它们还是轻缓地去了。

那时候，我仿佛明白了些什么。我不能永远滞留在这段小时的岁月，前面还有那么多，还是如此缤纷。所以，别无殇。

感觉真的消弭了。无能的泪水兀自离去，纸鸢随风走失岁月。

如今再看这些文字，发现故事已经离我远去，而那种澎湃汹涌的感觉依然蕴藏在诗里的每一个字中，它们永远泛着涟漪，羽化成一段往事。

在此亦要感谢我的父母。是他们一直默默地支持着我，给我鼓励，犹记得，妈妈说：感觉来了，你可以放下一切学业，抓住它，记录下来；而爸爸，有段时间天天和我比着背宋词……因此，才有这本诗集的诞生，才有如今的我。

…………

我怀念这样的时光，虽然它已风般飘过。

赵若凡

2014 年 3 月 8 日于北京